KB116238

바다 고시원

책 만 드 는 집   시 인 선 1 3 7

바다 고시원

김
진
시
집

책만드는집

아직
어느 경계에도 들어가지 못한다
무엇도 뚜렷하지 않은
그래서 방황하는.

−2019년 가을
김진

| 차례 |

2부

3부

4부

1부

돌고래가 나타났다

사천 앞바다에 돌고래가 나타났다 수심이 깊지 않아 작은 고깃배나 지나갈 바다에 돌고래가 나타났다는 소문은 금세 바람을 타고 퍼졌다 사람들은 돌고래를 보기 위해 앞다투어 사천으로 몰렸다 바다를 끼고 있는 마을마다 사람들로 북적거렸고 방파제는 카메라를 든 사람들로 빈틈이 없었다 밭을 매던 할머니들은 번데기를 끓이기 시작했고 전어며 새우를 잡던 고깃배들은 관광객을 태워 바다를 헤매고 다녔다 하지만 돌고래는 쉬이 그 모습을 보이지 않았다 며칠이 지나도 돌고래를 보지 못한 사람들은 의심을 갖기 시작했다 소문의 시작을 찾아다니는 사람들도 생겼다 누구지? 언제 봤지? 물음표가 사람들 사이를 헤집고 다녀도 돌고래를 보았다는 사람은 나타나지 않았다 하지만 사람들은 여전히 방파제와 마을에서 바다를 바라보며 돌고래가 나타나길 기다렸다

까마귀가 울던 밤 경운기를 끌고 방파제로 갔다 바다를 지켜보고 있던 사람들은 털털거리는 경운기를 보고 시끄럽다고 소리를 질렀다 대숲 앞에 경운기를 세우고 배를 타고 시동을 걸었다 보름이었다 바다는 빛나고 물결은 잠잠했다 방파제가 멀어지자 시동을 껐다 *운이 좋으면 돌고래를 잡을지도 몰라* 천천히 그물을 내렸다 *저기! 저기! 돌고래!* 방파제에서 한 사내가 소리쳤다 사람들은 사내가 가리키는 곳을 쳐다보았다 주변을 보았지만 돌고래는 보이지 않았다 사람들은 내가 탄 배를 가리키고 있었다 *아냐! 난 돌고래가 아니야!* 사람들에게 소리를 질렀다 거뭇한 사람들이 배를 가리키며 소리를 지르고 사진을 찍어대는지 연신 번쩍였다 *아냐! 난 돌고래가 아냐!* 팔을 흔들자 사람들은 '와' 하고 소리를 질렀다 사람들에겐 그들만의 시선이 존재하는 듯했다 가만히 있자 사람들은 소리를 질렀다 *돌고래가 가버렸어!* 배를

돌려 방파제로 오자 사람들은 돌고래를 봤다며 흥분해 있었다 아무도 돌고래를 의심하지 않았다

　다음 날 사천 앞바다에 나타난 돌고래 사진이 공개되었다 밤에 찍은 사진은 어두웠지만 달빛 아래 춤을 추는 돌고래가 찍혀 있었다

아무도, 무심했다

마을의 달은 하나였다 시리도록 청명한 달이 두 개로 갈라졌을 때 아무도 눈치를 채지 못했다 하늘의 달 따위는 아무도 신경을 쓰지 않았다 그저 그렇게 달은 있을 뿐이었다 시간이 되면 해가 뜨는 것처럼 시간이 되면 달이 있는 것은 당연한 것이었다 망토를 두른 J가 처음 마을에 나타났을 때도 그저 그런 나그네의 발걸음일 뿐 사람들은 신경을 쓰지 않았다

두 개의 달이 세 개가 되고 세 개의 달이 네 개가 되는 날들이 반복되었다 늘어가던 달은 서서히 마을로 내려와 땅과 가까워질수록 더 차가워졌다 사람들이 알지 못하게 조금씩 살그머니 내려오던 달은 이내 집 높이까지 내려왔다 사람들은 마을이 추워진다며 장작을 열심히 태웠다 이유는 중요하지 않았다 달라지는 건 굴뚝에서 피어오르는 연기의 굵기뿐이었다

16

날아다니는 나비를 볼 수 없었다 공기와 함께 흐르던 제비꽃 향기가 사라진 건 더 오래되었다 반복되는 날들 속에서 해가 보이는 시간은 점차 줄어들었고 달은 더 오래 머물렀다 언제부턴가 해가 더 이상 나타나지 않았고 마을은 달빛만 가득 찼다 서서히 물들어 간 어둠을 아무도 눈치를 채지 못하고

순대 먹는 비둘기

엄마, 나는 잘 지내고 있어요
고시원도 따뜻해요 밥도 잘 챙겨 먹고요
오늘은 순대를 사 먹으러 나왔어요
강의 시간은 아직 남았어요 걱정 마세요
여기 순대는 소금에 찍어 먹어요
순대는 막장에 먹어야 맛있는데
엄마, 이번 생신 때는 못 갈 것 같아요
특강이 그날로 바뀌었거든요
죄송해요 엄마, 식사 잘 챙겨 드세요.

포장마차에서 순대를 먹다 울음이 터졌다

눈이 멀어 해가 지는 줄도 모르고
길바닥에 떨어진 순대 껍질을
쪼아대고 쪼아대다
이리저리 던지는 시선에

깃털이 뻐근하면 그제야
고개를 들어 하늘 한번 쳐다보는
저,
서른 살의 비둘기

그러다 누군지도 모를

서로를 앞에 두고 우리는

학점을 채우지 못한 너의 졸업을 들먹이고 취직을
못 한 너의 이력서를 들먹이고 결혼을 못 한 너의 사
랑을 들먹이며 못 하는 것만 가진 서로를 비교했다
그러다 누군지도 모를 누군가가 못 하는 것이 아니
라 안 하는 것이라 말하자 고개를 끄덕이며 의미 없
는 잔을 빨리 비우는 것이 힘든 삶의 증거라도 되듯
좁은 방 안을 빈 술병으로 채워나갔다

그러다 누군지도 모를 누군가가 핸드폰을 꺼내 들
면 약속이라도 한 듯 각자의 핸드폰을 보며 부재중
전화가 없음을 확인했다 먼저 핸드폰을 던져놓는 누
군가가 진짜 친구는 여기 다 있다고 입을 열자 서로
가 기억하는 과거를 꺼내기 시작했다 분명 같은 젊
음으로 시간을 태웠는데 누구의 기억은 틀리고 누구
의 기억은 맞았다 실은 누구도 정확하다고 단정할
수는 없었다 현실을 접은 채 맞다 아니다를 연발하

며 엇갈린 기억의 퍼즐을 맞추며 낄낄댔고 속으론 적어도 내가 더 낫다며 뻔히 아는 서로의 사정을 외면했다

그러다 누군지도 모를 누가 말을 멈추면 누구는 천장을 바라보기도 하고 누구는 담뱃불을 붙이고 누구는 잔을 채웠다 현실은 과거보다 무겁고 어둡다는 것을 충분히 알고 있었다

그러다 누군지도 모를 누가 한숨을 내쉬면 서로의 얼굴을 보지 못하고 미처 비우지 못한 술병을 쓰다듬으며 침묵보다 묵직한 무엇을 어깨에 두른 채 허공을 씹었다

그러다 누군지도 모를 누가 옷을 챙기면 다시 과거가 되어버린 공간과 씹다 남은 기억을 어루만지며 새로운 현실이 된 문을 단번에 열지 못하고 몇 번을 망설이다 문을 열었다

당신의 유통기한은 언제까지입니까?

나의 유통기한이 끝나가는 동안

거미줄같이 엉킨 골목을 걸으며 한숨을 쉬는 일
매일 다른 구인 전단지를 붙이는 일
안도의 시간을 타고 집으로 가는 일
그런 일들이 고요하게 흘러갔다

밀폐된 시간 속에서 눈을 감으면
보이는 얼굴들이 있다
전단지 위에 덧붙여진 또 다른 전단지처럼
겹겹이 쌓이는 얼굴들
고향에 가서 감나무를 심자고 했던
이제는 떠나간 모퉁이가 해진 지난 얼굴들

얼굴들이 떠나도
새로운 날짜를 새긴 얼굴들이

몸이 익숙해지기도 전에 나가고 들어왔다
모두가 흔들리는 외줄 위에서
한 발 한 발 내딛으며 하루를 열고 닫았다

나의 시간도 연장전이 시작된 경기처럼
언제 울릴지 모를 호루라기 소리를 기다리며
고요하게 흐르는 일 속에서 채워져 간다

또 하나의 얼굴이 문을 열고 들어왔다

당신의 유통기한은 언제까지입니까?

손톱 깎는 고양이

1.
심장 아래 숨어 살던 반달이 나타났다 사라졌다
흔적 없이,

2.
담벼락 위에서 리듬을 타는 꼬리로 개를 찾는 전단
지를 찢었지 어느 밤엔 시간의 쳇바퀴를 돌면서 모
든 소리가 가로등 아래로 빨려 들어가는 걸 보기도
했고 아련한 단어를 싸지르며 기억의 공간을 빙글빙
글 돌기도 했었지 유리에 갇혀 눈을 깜빡이며 숨죽
여 떨던 시간들과 첫, 처음을 말하며 심장을 두드리
던 순간이 허공에 펼쳐졌다 사라지면 꾹꾹, 가슴을
누르는 마지막 단어가 심장을 찔렀지만 방황의 이유
는 아니라며 더 크게 울었지

3.
선택은 당신의 몫이었고 유리를 두드려 잠을 깨운

것도 당신이었지

손톱을 깎다 눈물이 났지 작은 도구에도 쪼개지는 여린 꿈을 닮은 반달이 안타까웠지 첫 손톱을 잘라 주던 당신은 성숙되지 못한 꿈도 잘라냈지 첫 생리를 하고서야 혼자 손톱을 자를 수 있게 되었지 온전히 살이 차지 않은 붉은 달을 밟아버린 당신의 눈빛도 잘라낼 수 있었지 그날 이후 달이 바뀌면 붉은 달을 낳고 하얀 반달을 잘라내었지 날아가 버린 반달을 간직하고 싶었지만 찾을 수 없었지 내 것이지만 내 것이 아니었던 반달은 매번 나를 떠났고 꿈은 생겼다 잘리고 사라지는 반복이었지

4.

다시 손톱을 깎는 밤이 되면 어디론가 날아갔던 반달이 얼굴을 닦으며 길을 떠나는 고양이의 가슴으로 뛰어가는 걸 볼 수 있겠지

Buen Camino

출근길 바쁜 그림자 속에
거룩한 걸음의 할아버지
백 원, 삼백 원, 천 원
한정된 구제금을 위해
무뎌진 다리를 끌며
순례를 시작한다

미디어 속의 사람들은
하나같이 엄지를 치켜들고
계절마다 제철이라고 떠드는 식당 앞에서
번호표를 받들고 추위에 떨고
구제금을 나눠주는 구멍 앞의 노숙자는
새치기로 한 줌의 염치를 날리고 있다

쪽방에서 십자가를 올려다보며
전날 얻어 온 바나나로 허기를 달래는

이 여린 노인은
부디,
억지로 목숨을 끊을 수 있는
용기를 달라고 기도하며
해가 뜨기 전에 일어나
거룩한 순례를 준비한다

간이 화장실

손가락으로 두드리니

소리 없는 울음이 대답한다

구석을 잡아당기는 거미줄과

빛 빨아 먹는 구멍들

수건에 싸인 신생아

그리고

곁에 있는

말라 죽은 달팽이

한 마리

애견센터

성에가 사라지는 것보다

꿈이 사라지는 것이 빨랐다

그래,

우리의 생은

지폐 몇 장과 바꿔지는

그 아득한

무엇이지.

그 시간, 그곳

저기,
하얀 애벌레가 기어간다

붉은 등대 아래
삭아버린 리본이 고개를 숙인 채
고인 비를 안고 꼬물거리며 기어가는
애벌레를 지켜보고 있다

울타리를 넘나들며
당신들의 시간이 흘러도
줄어들지 않는 설움이 뼛속으로 스미며
매초마다 새로운 눈물을 만들어내는
칼날 같은 눈물로 심장을 베어내던
시간을 가로지르며
돌고래가 잠든 곳으로 향하는
저기 꼬물거리는

하얀 애벌레

약속의 날이 오면
기울어진 막을 찢고 나비가 되어
돌고래를 만나러 갈 것이다
노오란 날개를 활짝 펴고
바람을 가로지르며
잠이 든 돌고래를 깨우러 갈 것이다

저기,
고장 난 시계탑 아래
하얀 애벌레 한 마리가 지치지도 않고
꼬물거리며 기어간다

할미꽃

그해 여름이 다 가도록 언니는 시더나무에 기대 울
었어요 그러고는 처음 본 한국 남자에게 시집을 갔
지요 엄마의 손을 잡고 편히 살라며 한국으로 간 언
니는 삼 년이 지나도 소식이 없었어요 비가 내리던
날 엄마는 언니가 사준 야크의 젖을 남김없이 짰어
요 그리고 말젖으로 치즈를 만들었지요 언니는 엄마
가 만든 치즈를 좋아했어요 단 한 번 만난 사위를 준
다며 마유주와 수태차도 챙겼어요 며칠 밤을 꼬박
새우고 엄마는 야크의 털로 짠 옷을 입고 꼬부라진
전화기 줄을 타고 온 주소를 구겨진 종이에 구불구
불 적어 들고 게르를 나섰어요 옷자락을 잡는 내게
잠시 다녀오마, 언니가 잘 사는지 얼굴만 보고 오마
하며 초원 속으로 들어갔지요 삼 년의 시간만 한 보
따리를 머리에 이고 숨을 고르며 저 언덕만 넘으면
보일랑가, 저 나무까지만 가면 될랑가, 장하이에서
시작된 걸음은 하트갈로 이어졌고 민들레 가득 핀

초원에 엄마는 땀인지 눈물인지 방울방울 흘리며 걸었어요 길도 없는 길을 별자리를 보며 걷다 걷다 땀이 마르고 눈물이 말랐지요 그래도 멈추지 않는 엄마에게서 툭툭 살점이 떨어졌어요 손가락이 떨어지고 팔이 떨어졌어요 그렇게 걸음을 따라 초원에 엄마의 사지가 떨어져 살점이 닿는 땅마다 할미꽃이 피었어요

온 천지에 할미꽃이 쪼그리고 앉아 피었어요

고향이 어디세요

중국 장춘의 코리아타운 평양에서 직접 운영한다
는 평양관에는 흰색 저고리에 검정 치마를 입은 어
린 여자들이 돌아가며 노래를 부르고 음식을 나른다
〈찔레꽃〉을 간드러지게 부르고 냉면을 가져오던 여
자에게 물었다
  "고향이 어디세요?"
  서둘러 돌아서던 여자가 움찔한다

  "평양입네다"

  탈북자들이 한국에서 받는 질문 중 제일 싫다던 질
문이었다 한국 사람들은 누구든 고향을 알려고 한다
고 고향을 말하면 사람들의 시선이 달라진다고 난감
해하던 인터뷰가 생각난다 알 듯 모를 듯 미소를 남
기고 돌아서는 치맛자락에 눈이 시리다
  음식 내음 사이사이 여자들이 움직일 때마다 나던
사람 냄새에 코끝이 찌릿하다

당신의 죄책감은 새겨진 적이 있는가

1.

그가 내 이불 속으로 들어온 것은 찰나였다 선으로
만 연결된 그는 그림자도 없이 집 안을 서성거렸다
책을 보고 청소를 하고 일기를 쓸 때도 따라다니기
만 할 뿐 그만의 선을 지키고 있었다 만져지지도 않
는 그의 몸이 익숙해지자 이마에 하나의 검은 선이
생겼다 옷을 갈아입다 팔에 새겨진 선을 신발을 신
다 발등에 새겨진 선을 보았다 그의 선이 그렇게 하
나씩 나의 몸에 새겨졌다 검은 선이 늘어갈수록 타
인의 시선이 무서워졌다 나의 두려움에 살이 붙을수
록 그는 손가락이 생기고 발가락이 생기고 팔이 생
기고 다리가 생기며 조금씩 몸이 완성되어갔다 하지
만 여전히 그는 곁에서 맴돌 뿐 어떠한 표정도 말도
하지 않았다 웅크리고 있는 시간 속에서 나의 몸은
그의 선으로 채워졌고 그는 온전해진 자신의 몸을
쓸어보았다 빈틈없이 촘촘히 선으로 채워진 나를 보
고서야 그는 현관을 열고 나갔다

2.

이마에 검은 선이 새겨진 사람들이 늘어나고 있다는 소식입니다 아직 원인이 밝혀지지 않은 이 병의 초기 증상은 이마에 검은색의 선이 생기는 것입니다 이후 온몸으로 번져 결국엔 검은 선이 몸 전체를 뒤덮는다고 합니다 처음 검은 선이 생기면 두려움과 수치심에 정신적 충격이 있다고 합니다 하지만 검은 선이 생기는 것 외에 별다른 증상이 없으므로 건강상에는 이상이 없습니다 시민들의 반응도 긍정적입니다

처음엔 당황했지만 뭐— 나름 패션이라고 생각하면.
이 친구는 가로로, 전 세로로 생겼어요. 각자의 개성 따라 생기나 봐요.
아픈 것도 아니고 나만 있는 것도 아니니 별문제 없다고 봐요.

심리 전문가―처음엔 이상함을 느끼다 점차 '다들 그러니까'로 변하게 되죠. 시간이 갈수록 잘못된 걸 모르게 되는 거죠. '나만 그런 게 아니니까'라는 생각<u>으로 스스로를 합리화합니다.</u>

3.

딸은 수학여행을 떠나 돌아오지 않았고 아버지는 늙은 어미에게 문자 한 통 남기고 땅속에서 먹다 일하다 죽었다 동생은 고속도로에서 끝나지 않는 휴가를 보내는 중이었다 수많은 검은 선을 칭칭 감고 아홉 구멍으로 눈물을 흘리며 가족사진을 태웠다

그가 던진 마지막 질문이 빈집을 맨발로 뛰어다니며 비명을 지르고 있었다

바다 고시원

벽돌을 쌓는다는 것은 그리 쉽지 않아요 금이 간 벽돌이 숨어 있다는 것도 모른 채 짓고 있어요 삐뚤거리며 올라가는 벽이 아슬아슬하다는 것은 나만 알고 있어요 하지만 아직은 아무 일이 일어나지 않았습니다 일어난 것은 누런 벽지일 뿐입니다 아무 일이 없다는 것은 좋은 건가요 나쁜 건가요 변명만 가득한 이 좁은 방에는 발이 잘린 붕어만 뻐끔거립니다 한 장 한 장 넘어가는 책처럼 시간도 넘어가길 그런데, 지도는 어디로 사라졌을까요?

누구를 미워해야 꽃을 피울 수 있을지 누구를 따라가야 과자의 집으로 갈 수 있는지 온통 가득한 질문만이 바닥을 채우고 있습니다 무슨 말을 듣고 싶었던 걸까요 무슨 질문을 하고 싶은 걸까요 바깥은 어떤 색일까요 누가 바깥의 경계를 만들었을까요 여기는 바깥인가요 안인가요 누구도 가둔 적 없는 곳에

나를 가두고 가열하고 있습니다 하지만 뜨거워지는 것은 이마뿐입니다

　미안합니다 나는 고개를 숙이고 걸어 다닙니다 미 안합니다 나는 고개를 숙이고 밥을 먹습니다 감동에 솔직하고 싶었습니다 소리를 치며 감동을 하고 싶었 습니다 미안합니다 감동이 사라져버린 나의 삶에 미 안합니다 한 번도 배려하지 않은 다정하지 못했던 나의 삶이여

2부

目示你

황무지에 터를 잡은

하나의 씨앗

작은 생명 피워간다

하늘로 이르는 죄

움츠린 채

불시착한

하나의 별

눈동자 안으로 숨어들어

세포분열을 시작한다

이름이 뭐예요

이름이 뭐예요
질문을 해보세요

술 취한 여름은 당신의 이름을 기억하지 못해요 폭
풍이 지나가지 않아도 거리엔 온통 이름을 알 수 없
는 쓰레기뿐입니다 어디서 무엇으로 이용을 당했는
지 과거는 오래된 책장처럼 삐걱거리지요 이기심이
가득한 거리에 뿌려진 수많은 삶의 조각이 흔들리는
당신의 어깨를 감싸 안아 어느 건물 지하로 끌고 들
어가면 다만 얼마의 비명을 그림자로 길바닥에 남겨
놓지요 눈빛으로 오가던 무엇은 무엇으로만 남아요

이름이 뭐예요
그곳으로 빠지고 나면 꼬리만 남아요 당신의 조각
들이 남지 않아도 지하로 출발했다는 것을 증명해야
해요 입구마다 소지품을 검사하지만 제일 조심해야

하는 것은 당신 옆의 그 사람 이름을 모른 채 손을
뻗는 사람입니다 쓰임이 있었다는 이름으로 불리기
는 했나요 누구에게 한 번은 진정으로 불린 이름이
었나요

장마

1.

삼 일 밤낮을 비는 멈추지 않고 있다 지하철 입구
계단에서 더덕을 깎아 파는 노파의 손을 따라 흐르
던 향은 습기를 머금은 채 계단을 오르지 못하고 바
닥만 보며 옮기는 발걸음들 쉽게 우산을 펴지 못한
다 하루 동안 머금고 있었던 열기를 한꺼번에 내뿜
듯 어깨에서 아지랑이 피어오른다 오늘따라 버스를
기다리는 사람들이 많다

2.

질퍽거리는 거리를 흔들리며 걷는 자동차들 사이
로 비는 내리고 목격자를 기다리는 플래카드는 눈물
을 흘린다 전봇대에 붙어 있는 전단지의 글씨가 선
명하다

'죄를 씻기 위해선 하나님을 믿어야 한다'

씻기지 않는 페인트 자국 위로 붉은 십자가 눌어붙

어 있다 울리지 않는 휴대폰의 전원을 켜두는 누군
가는 성경을 버렸다 무심한 우산들은 걸음을 재촉하
고 계단의 노파는 플래카드를 보지 못했다고 한다

3.

텃세에 밀려 가로등은 이장 집 앞에 세워졌다 대문
앞에 떨어진 출장 안마 명함 속의 여자는 미소를 지
은 채 깊은 곳까지 헤엄치고 있다 눅눅한 방에 보일
러를 켠다 한동안 달궈지지 않던 공기가 첫사랑처럼
금방 뜨거워진다 눅진 머리를 감으며 어디쯤 갔을
여자의 걸음의 무게를 생각해본다 김빠진 맥주에 쉽
게 취한다

떠난 예수는 길을 잃었다던 양을 찾았을까?

가습기

1.

햇살을 거부한 구석의 눅눅한 침대 위에 그가 누워
있다 제대로 눈을 뜨지도 못하면서 속눈썹은 계속
떨리고 있다 코에서 나오는 숨의 간격은 짧다 시골
집에서부터 끼고 온 이불의 올이 풀려 다리를 휘감
고 허공을 휘젓는 그의 손을 가만히 잡아본다 화전
을 일구고 대마를 손질하며 네 아이를 키워냈던 갈
라진 손에서 온기가 사라진다 처음부터 침대에 붙어
있던 것처럼 그의 몸이 굳어가며 미소를 짓는다 식
어가는 몸과는 달리 영혼은 데워지고 언제였는지도
모를 따뜻했던 날로 그는 돌아가고 있다

그의 작동은 이제 다시 시작이다

2.

끝을 모르고 쏟아지던 하얀 연기는 툭툭 끊어지고
부품은 단종되었다 움직임이 멈추지 않은 탓에 고물

상에 던져버리지 못했다 스티커는 흔적조차 남지 않았고 지워지지 않는 손때는 함께했던 시간을 기록했다 다시 물을 채우면 쿨럭거리며 가는 연기를 뿜어내지만 그 안에서 하나씩 멈춰져 가는 부품들이 안식을 재촉한다 스스로 작동을 멈출 때까지 지켜보아야만 한다

가습기의 작동은 그렇게 멈춰져 간다

아찔하다

아기처럼 눈을 감고 코를 벌름거린다
몇 가닥 남지 않은 머리카락에도 거품은 잘만 생긴다
울렁거리며 피어오르는 거품마다
성실하기만 했던 시간들이 맺힌다
닦아도 닦이지 않는 물기가
마른 목덜미에 미끄러지고
톡. 톡. 톡.
꾸물거리지 못했던 시절이 떨어진다

아슬하게 걸려 있는 주삿바늘을 타고
떨어지는 작은 물방울
텃밭의 배춧잎을 두드리던 소리
더듬더듬 침대를 뒤져 호미를 찾는다
아직 잡초를 맬 때가 아닌데
말라붙은 입술
눈에 매달린 오래된 눈곱

보이는 것은 안개 속의 풍경
아직,
출구를 찾지 못하고

멈춰버린 발걸음
경계가 아찔하다

2인실

옆 침대의 사람이 죽었다

텅 빈 침대만 남았다

밤새 커튼을 치고 있었는데

그러지 말 것을

평생 타인에게 쳤던 막

그 사람에게는 보이지 말 것을

마지막 시선이 막을 치고 있는 것을

모르게 할 것을

마주하다

돌잔치가 끝나고 집으로 가는 고속도로

추월하는 버스의 뒤통수에 놀란 심장은

버스에 붙은 두 글자 앞에서

숙연해진다

喪中

누구의 죽음인가

누구의 삶인가

종내는 하나의 길로 떠나는 여행

모두

마주하다

초혼

난간이 없는 월영교*를 건넌다
경계는 없었다
마음으로 단정을 짓는 그 시간
그 순간이 경계였다

누이는 그렇게 떠났다
전화벨 소리로 죽음은 결정되었다
눈송이처럼
수많던 소망은
한낮의 꿈이 되었다

나부끼는 치맛자락 속에
미소를 띤 누이가 보이는 듯도 했다
비벼대는 손바닥에
느껴지는 따스함이
그 어느 때

전해져 오던 온기인 듯도 했다

늙은
사진 속의
흔한 미소도 없는 누이를 안고
처진 발걸음을 재촉하며
월영교를 건넌다

범종이
조용히 울며
따라온다

* 통도사 입구에 있는 난간 없는 다리.

밥 짓는 누에

밥솥은 밤새 울었어요 찰진 밥을 만들어준다던 전기밥솥이에요 스위치를 눌러 뚜껑을 열어요 쉽진 않아요 살살 달래서 열었더니 아버지가 앉아 있네요 *뜨겁구나 얘야* 아이고, 코드를 빼놓은 지가 언젠데 엄살이세요 아직도 지린내가 나요 아버지, 옷을 갈아입으셨어야 했어요

고방에선 끊임없이 소리가 났지요 앞을 보지 못하는 누에는 뽕잎 사이를 사르락사르락 헤집으며 서로를 더듬어요 누에의 숨소리가 가슴을 다독이면 눅진거리던 공기를 덮고 잠이 들었죠 창호지 너머 아버지의 목소리가 사라지면 부엌 굴뚝에선 연기가 피어올랐어요 가마솥에선 물이 부글거리며 끓었지요 엄마의 울음이 깊어지는 계절이 오면 누에는 꼬치를 만들어요 뽕잎이 사라지고 밤낮없이 얘기를 하던 누에는 인사도 없이 떠났지요 난 다시 불면의 밤을 맞

아야 했어요 깊고 깊은 고방에선 한 번도 나방을 볼
순 없었죠

  발아현미 코스를 선택하고 장작불을 지펴요 원망
도 한 바가지 넣었구요 짜증과 서러움도 넣었지요
소주에 절여두었던 아버지가 될 오빠도 건져 넣었어
요 엄마는 여섯 시간을 꼬박 끓이면 된다고 하셨어
요 *문 닫아라 얘야* 손을 한번 흔듭니다 뚜껑을 닫고
잠금 스위치를 누르죠 밥솥이 뜨거워지기 시작합니
다 완벽한 밥맛을 준다던 밥솥에서 아버지가 익어갑
니다

쉿! 이제는 정말 긴장해야 합니다

왜 마당 한가운데 우물이 있었을까요 대문을 열면 우물이 먼저 보였어요 우물을 지나지 않고는 집으로 드나들 수 없었지요 너무 늙어버려 이끼도 살지 않는 우물의 돌을 보면 집 나간 고모의 팬티가 생각났어요 왜 빨랫줄에 걸지 않고 우물에 널었을까요

할머니의 자궁을 뚫고 나온 고양이는 밤이면 처마 밑에서 배를 깔고 누워 있었죠 그르렁거리며 달을 바라보는 고양이의 눈에선 녹색 빛이 쏟아져 나왔어요 *눈이 시려* 아버지는 취한 날이면 우산을 쓰고 처마 밑을 서성거렸어요 *눈이 시려* 아버지의 목소리에 고양이는 할머니가 던져주는 담배를 먹으며 혓바닥을 날름거렸죠 안개가 마당에 스며드는 새벽 아버지는 고양이를 우물에 던졌어요 사라진 고양이를 찾으며 두레박을 끌어 올릴 때마다 할머니는 자꾸만 배가 아프다고 했지요

천둥이 치는 날, 우물 옆 고랑엔 꼬물꼬물한 장구벌레가 밥알을 세고 있었죠 보라색 봉선화의 노래에 맞춰 칼을 갈아요 간지러움을 잘 타는 숫돌이 화음을 넣네요 노랫소리로 우물 안에 있는 고양이를 유혹하죠 장구벌레는 등 뒤에 칼을 숨기라 했지만 숨길 것은 아무것도 없어야 했죠 고양이가 벽을 타고 나오면 국숫발을 빨아 당기듯 대가리를 낚아채야 해요 보라색 봉선화는 워낙 간사해서 믿을 수가 없으니까요 장구벌레가 밥알을 튕기네요 고양이 귀가 보여요 쉿! 이제는 정말 긴장해야 합니다 장구벌레와 숫돌은 한편이니까요

당신의 가장자리

안녕하세요—라고 물으면 당신의 대답은 어떠한가요
네—라고 한다면 나는 다시 물음표를 찾아 헤매겠
지요
껍질 벗은 사과처럼 언제쯤 서로의 앞에
벌거벗고 마주할 수 있을까요

가볍지 않은 침묵의 씨앗을 가만히
당신의 가슴에 올려두었습니다
뒤척이던 몸에 뿌리를 내리고 있었던 걸까요
그 밤에는 움직임이 없었습니다

우리는 서로에게 줄 수 있는 것이 또 있을까요

돌아누운 당신에게 습기 가득한 귓속말을 해봅니다
잘 지내셨나요?
목차가 없어서 정의를 내릴 수 없던 사이에게

밑줄 그은 질문을 던져봅니다
주름진 입술은 어떤 대답을 하지 않습니다
또다시 물음표는 허리를 펴지 못하고
기어 다니고 있습니다

우리는 서로에게 받을 수 있는 것이 또 있을까요

밑줄을 그은 질문은 묻어두기로 한
온통 푸른 가시로 둘러싸여 신발을 신어도
발을 들일 수가 없는
누구도 시도한 적 없는
당신의 가장자리

귀목나무 엽서

아버지는 매일 밤 엽서를 쓰셨지요 가로세로 선을 긋고 빨강 노랑 연두로 색도 칠했어요 이장의 밭에서 콩을 베었고, 새벽에 누렁이가 새끼를 낳았고, 참깨를 털었고, 마도요의 바다 이야기를 한 장에 쓰지 못해 매일 밤 쓰고 또 썼지요 논에 갔다 올 때면 귀목나무에게서 잔뜩 엽서를 사 오셨어요 행여 해진 문풍지 사이로 누가 볼까 살피며 어머니가 묻어둔 주발의 밥을 이겨 조각조각 붙이곤 했죠 쟁기질에 갈라진 손에서 피가 떨어져 자국이 생겨도 곱다 하셨어요 손톱 뿌리를 찾을 수 없는 손가락으로 선을 긋고 색을 넣어 어제가 오늘 같고 오늘이 내일인 어느새 경계가 없어진 일생을 꾹꾹 눌러쓰셨어요 손바닥보다 작은 엽서에 이야기를 담고 담아 무거워지면 신작로도 요란히 우체부가 옵니다 한 자루 가득 찬 엽서를 구름 가방에 꾹꾹 눌러 담아 노을 길을 타고 서둘러 자전거 몰아요 우체부의 꼬리가 귀목나무 가

지를 흔들면 새 엽서가 생겨납니다 우수수 떨어지는
낙엽을 보며 미처 보내지 못한 사연이 떠올라 아버
지는 매일 밤 엎드려 꾹꾹 엽서를 씁니다

그믐달

엄마는 고무 대야에
이불을 넣고 밟아대다
비눗물이 묻은 발을 깨끗이 씻고는
다시 비눗방울 속으로 들어갔다
이불의 때가 빠질수록
퉁퉁 부은 발이 발갛게 달아올랐다

웃자라는 가난을
등에 지고 걸었던 앙상한 세월이
발뒤꿈치에 까슬한 나이테를 만들었다
수많은 날을 문질러도
깊은 시간의 뿌리는 드러나지 않았다

슬픔을 눈동자 속에 감춘 달이 삐죽
구름을 벗고 나온다
하나의 달이 저무는 날에

누가 턱에 힘을 꽉! 주고
한 입 베어 먹은 발뒤꿈치가 떠 있다
백 번의 질문으로는 차오르지 못하는
갈라진 살결이다
엄마의 고운 뒤꿈치다

흘러간다

오늘 만난 택시 기사는
내비게이션을 끄며 눈이 침침하다고 했다
한평생을 길 위에서 살았지만
세 명의 자식은 이국땅에 산다는
백발의 드라이버는
물때가 낀 페트병을 들어 목을 축였다
세월이 닦은 하얀 머리칼이 그의 머리에
가지런히 누워 길을 열고 있었다

저기는 아직 닿지 않은 곳
나는
푸른빛이 도는 마스크를 쓰고
시간이 손가락 사이로 빠져나가는 것을 보며
걷고 있을 것이다
저만치 먼저 가는 택시 기사를 알아보면
어여쁜 물통 하나 쥐여주고 그의 벗이 되어

마음보다 먼저 나오는 울음을 삼키며
걷고 있을 것이다

간간이 보이는 검은 머리카락을 세다
차창 밖을 보니
페트병 뚜껑을 닫은 그가
아직은 때가 아니니
창문을 열지 말라고 했다

뿌연 거리에는
마스크를 쓴 사람들이 주름을 숨기고
황혼에 이르는 길을
흘러가고 있다

엄마의 스타킹

식초 두어 방울 떨어뜨려

부드럽게 질기게

좋은 햇볕 한 놈을 골라 광합성을 시키면

두 다리가 탱탱해질까?

흐벅진 허벅지까지

예쁜 아가씨 연보年譜는 되려나?

걸음걸이에 한껏 햇볕을 머금고

사내놈 손길처럼 거칠게 부드럽게

가끔은 다시 매끄럽게

꽃이 피려나?

3부

이기적인 지렁이

　잘게 씹어 삼켜도 소화되지 않는 단어들이 사지 근육을 뒤틀리게 하는 내 허리엔 지렁이가 한 마리 살고 있지 앞뒤가 없는 긴 터널 속을 온몸으로 헤집어 꼭 닿아야 할 어딘가에 점액질로 굳어진 침묵의 뼈를 깎아 기둥을 세우고 서까래를 얹어 말의 집을 짓고 말의 밥상을 차리는 거야 꼬리에 꼬리를 문 말들이 모여 포식을 한 말들이 남긴 말의 찌꺼기가 소화기관을 거치면서 삭혀지지 않은 채 배설되는 말의 여정이 이렇게 뒤틀림의 연속이란 걸 지렁이는 제 나름의 방식대로 가고 있지 눈에 보이는 길보다 안 보이는 길이 더 환하게 잘 보인다는 걸 지렁이는 알고 있지 제 몸속으로 파고들어야 온전히 자신을 드러낼 수 있음을 그렇게 온몸으로 말하지

그리고, 아무도 없었다

거실을 서성이던 덩어리는 그였다 K는 거울을 뚫고 나온 그가 두렵다고 했다 그러나 달이 둥둥거리며 달려 있는 거리로 내몰기엔 그의 존재가 가.벼.웠.다. 변기에 앉아 있던 K는 거울 속에서 스멀거리며 기어 나오던 그를 막지 못했다 그는 K에게 시선을 나눠주지 않고 천천히 몸을 닦기만 했다 투명한 그의 몸에선 물방울만 튀었고 이내 거실로 나갔다 그날부터 창밖을 멍하니 바라보기도 하고 외로움을 먹는 K 앞에 앉아 있기도 했다 그는 K가 주로 머무는 안방엔 들어오지 않았고 K에게 어떤 말도 하지 않았다 혼자 살아온 K의 불편함은 오래가지 않았다 적응은 바람을 먹는 것보다 쉬웠다 그는 어두운 거실에서 가부좌를 틀고 베란다를 타고 들어오는 별빛을 손가락으로 엮었다 가끔 허공에 떠다니는 그리움을 잡아먹기도 했지만 슬픔을 먹지는 않았다 투명한 그의 몸엔 언제나 달빛이 스며 있었다 순간이었다 그가 무겁다고 느껴지기까지는 그것은 적응하는 시간보다 짧았다 그가 왔던 곳으로 가고 싶다는 K의 말은 투명한 몸을 뚫고 유리창에 머리를 박았다 여전히 같은 모습으로 있던 그는 아무런 반응이 없었다 떨어지는 별빛을 추슬러 엮기에 바빴다 기대를 한 것은 아니었다 그러나 이미 거실을 덮어버린 별빛 목도리에 숨이 막혔다 K는 화장실 거울 앞에 섰다 그가 나온 후 거울은 더 이상 K를 비추지 않았기에 거울은 그저 유리에 불과했다 본질을 잃은 거울이 갑자기 무서워진 K는 망치로 거울을 깼다 바닥에 떨어진 유리 조각이 아려 보였지만 멈추지 않았다 거실로 나온 K는 짙은 한숨 소리를 내며 화장실로 들어가는 그를 보았지만 고개를 돌렸다 그리고 K는 처음으로 그에게 꼬리가 있다는 것을 알았다 그날 이후 K는 누구의 집 거울을 뚫고 나갈 그를 생각하며 둥둥거리며 달려 있는 달을 바라보는 일이 많아졌다

라일라, 그 칸타타를

라일라, 그 밤은 숨소리만으로도 충분했지 돌아누운 채 미동도 없는 고집을 당당함이라 믿었지 소용돌이치며 빠지는 물과 함께 자존심이란 단어를 심연 속으로 날려버렸지 벽을 맞고 내게로 달려드는 칼날같이 빛나는 힘 익숙하게 달려드는 저 길고 가는 혀가 매력이라 생각했지

라일라, 중독은 내가 만든 환상이라는 것을 깨닫기까지는 그리 오랜 시간이 걸리지 않았지 의지가 없다면 중독도 없다는 것 나약해서 벗어나지 못한다는 말은 당신을 알지 못했던 시간 속에 머물던 말이었지 침묵의 시선을 던지는 당신을 보니 나의 중독은 의지였고 끊임없이 갈구하는 욕망이었지 공간을 채우는 칸타타 안에서 춤을 추며 흐느끼는 당신은 이미 세상의 중심이었지

라일라, 새로운 모든 빛은 당신을 향해 존재하지

전통의 두려움은 당신과는 어울리지 않아 끊임없이 당신의 입에서 흘러나오는 칸타타 그 리듬을 타고 움직이는 세포들이 나를 일깨워 당신을 바라보게 하지 저 깊은 우주가 빛으로 가득하다면 라일라, 당신의 춤사위 때문일 거야

　모든 것은 시작이 존재하지 달리기의 신호처럼 딱 떨어지는 구호는 없지만 시작은 항상 존재했지 눈을 깜박이는 순간이 시작이기도 하고 입을 벌려 말하려 하는 순간도 시작이지 숨을 들이쉬는 것도 시작이며 소리를 듣는 것도 시작이지 시작은 매 순간 시작이지 칸타타는 아직 끝나지 않았지만 어쩌면 너의 발은 무뎌지지 않았지만 라일라 너의 향기처럼 끊이지 않는 춤사위가 모든 것에 이어지길

　라일라, 지친 너의 발에 축복을

미로

1.

섣불리 들어간 건 잘못이다 겁을 낸다거나 겁을 먹
는다는 건 내가 겁 속으로 발을 들여놓았을 때부터
보도블록이 도돌이표의 연속으로 아주 낯설거나 아
주 익숙한 혼란 속으로의 진입이란 걸 미로는 말하
지 않았다 벌어진 입 속으로 들어간 내 안에서는 내
가 보이지 않고 지도 속에서는 지도가 보이지 않아
늘 막다른 길이지만 그 막다름이 길이란 걸 안 것은
왔던 길을 되돌아 나왔을 때였다

2.

변기에 앉아 아랫배를 살살 문지르며 뒤를 본다 손
끝에 만져지는 배변의 잔재들이 몸속에서 살캉거리
며 화석처럼 굳어가는 배꼽 근처에서 옴지락거리는
보이지 않는 손아귀 속에서 뒤엉킨 탈수기 안에서
그가 주관하는 미로 속에서 오징어 문어 가재 다족

류들이 발버둥 치는 수족관에서는 앞만 보고 가야
한다

3.

고개를 숙이고 걷는 사람은 길을 보지 않고 미로에
갇힌 사람은 미로를 알지 못한다 길들은 길로 이어
질 뿐, 이어진 길들은 길 속으로 흘러가는 도시의 혈
관이 사람과 사람 사이로 흐르는 그것과 같이 만났
다 헤어지고 모였다 흩어지는 개수대에서 하수구로
이어지고 시작과 끝이 맞물린 그렇고 그런 일들이
끊임없이 비켜 가듯 만나고 스치듯 헤어지는

이런,

시가 어지럽다는 것

냉장고를 옮기다

처음부터 거기 웅크리고 있었다
얼마나 속을 앓았는지 견딜 만큼 견뎌낸
오래된 시간의 얼룩들
상처는 상처로써 치유되지 않고
구석에서 구석으로만 밀어붙이는
사람들은 뭔가 집어넣거나
가득 채워지기를 그리하여 든든한 뱃심으로
또 밀어붙이겠지만 얼마를 더 지탱할지

새벽의 횟배를 안고
끊임없이 징징대는 투정이나 탄원 따윈
내 알 바 아니란 듯
입 닥쳐!
꽝 하고 몰아붙였다

결코 녹아서는 안 될 찬 것을 안고

온몸이 이렇게 뜨겁게 달아오를 줄을
내상이 깊을수록 천천히 아주 오래 지속될
외상의 암시는 항생제 처방 없이 봉합되고
생살이 곪아 터지도록 방치된
내장을 환하게 열어젖히고
뒤울안 채마밭 한 뙈기를 집어넣고
냉장고 문을 닫았다

오대양 육대주가 그 속으로 사라졌다
그날 밤부터 천지창조를 위한 아기 울음소리가 났다

소름이 돈는다

여린 햇빛이 뿌려진 남새밭에
솜털 같은 씨앗을 뿌리고
며칠을 싹이 나길 기다렸다
언덕 넘어오는 봄비의 걸음 소리에
밤새 귀가 간질거리더니
아침에 나가보니 싹이 터 있다
머리로 흙을 받치고 일어선 것이 기특해
가만 들여다보고 들여다보니
뿌리지도 않은 신원 불명의 싹들이 요란하다
삐죽거리는 흙을 다독이며 싹의
뽀얀 뿌리까지 집요하게 뽑아낸다
손톱이 면장갑을 뚫고 나올 때쯤
내 손으로 거둔 생명들을 보다
오도독 소름이 돈는다

저 생명들

죽을힘으로 흙을 받아 올린 것은 매한가지고
생명이기에 살아보려 한 것이고
나는 손에 누런 금반지 하나 낀 것뿐인데
어떤 힘이 실려 생명을 선별하나
나는 누가 선택해서 자라고 있는 걸까
주변에 와글거리던 많은 생명들
무슨 힘이 밀어내서
지금은 곁에 없는지

걷어낸 싹을 저만치 던져버리고
기지개를 켠 무수한 새싹들이
질긴 뿌리를 내리도록 물 한 바가지를
부어주고 일어난다

프로젝트 풍장

뜨겁게 달궈진 혀를 할딱이며
깃털을 세워 바람을 마주 보고
살을 할퀴는 가시덤불을 헤치며
잊고 싶다던
그 모든 걸 기억하는
모래시계를 꿈꾸며
찬란한 시절과 함께 평야를 달리던
야크를

나뭇잎의 속삭임을 문신으로 새기고
깊은 곳을 흔들어 삶을 들춰내어
그리움으로 제 살 다 발라내고
민들레마냥 주저앉아
시선이 주는 수치의 시간으로
구멍 뚫린 하얀 근본마저 드러낸
이 거룩하고 아름다운 의식이여

안개의 심장을 움켜쥐고
지평선을 바라보는 지금

요컨대, 툰드라가 그립다

누구의 생명이든
두 달을 넘기지 못하고 지치는 그곳이
침묵마저 서늘한
그래서 한숨도 쉬이 내뱉지 못하는 그곳이
희망마저 묻고 꾹꾹 다독여야 했던 그곳으로
죽음을 정해놓고
마중 나가고 싶다

나비, 웃다

나는 창세기를 읽다 설핏 잠이 들었다
전화벨 소리가 아득한 중세기를 넘어
내 안에서 울렸다
안개꽃 속에서 들려온 그녀의 목소리는
은방울꽃에서 초롱꽃으로 건너뛰었다
내가 그녀에게 간 것인지
그녀가 내게로 온 것인지
서로 꿈속을 넘나들고 있었다

꽃에도 살갗이 데이는지
얼굴이 뜨겁게 달아오른 그녀의 목소리는
향기로 들뜨기 시작했다
쓰르라미 스러진 그 여름 끝에서
낙화암 절벽 같은 벚나무 아래서
사월에 내리던 눈에 대해 수다를 떨었다

두근거리는 가슴이 터질 것 같은
뜨거운 무엇이 목구멍까지 차오른
입술 사이로 솔솔 기어 나오는
나비가 아니 꽃이 아니 나비가
이 꽃에서 저 꽃으로 옮기는
단어를 연결한 문장을 행간에 채우는
가끔 썼다가 지우기도 하는
그러면서 자꾸만 꽃밭을 맴도는
차마 말로는 할 수 없는
어떤

잠의

녹아내리는 날들이었다
더듬어보니 한 번도 꼿꼿하게
등을 펴본 적이 없었다
발밑에 아무것도 없었기에
녹아도 녹는 줄 몰랐다

진짜 같은 말간 얼굴로
무엇인지도 모를 언어를 지껄이며
천장이 무너지는 걸 보고만 있었다

무슨 말을 하고 있는 거야?
당신이 듣기 좋은 말이요

나는 그저 젖어버린 날들을 둘러매고
방문만 노려보았다
견디는 것뿐인 시간의 사계 속에서

어떤 생명은 곁으로 오고
어떤 생명은 말없이 떠났다

나의 진심은
검은 봉지에 넣어 창고의 구석에서 구석으로
가차 없는 외로움으로 다시,

쓰고 지우고 버리지 않을 날들이 있을까

무슨 말을 하고 싶은 거야?
당신이 듣기 싫은 말이요

눈물의 수평

이제 겨우 중년이 되었다
소리 내서 흘렸던 눈물이
한쪽으로 기울어 무거웠다

날개 젖은 잠자리도 마를 날을 기다린다는데
나는 아직 완성이 없는 것이라
앞으로 흘릴 눈물이 아찔해서
고요 속으로 숨어들었다

훔쳐 새긴 통증이 스며들어
숨을 쉴 때마다 어깨가 빠졌다
무게가 다른 울음을 발라 끼운 탓에
사방으로 덜렁거렸다

이제 겨우 중년
중년이라 할 수도 없는 중년인데

날 닮은 무엇 하나 쏟아놓지 못한
비어버린 몸인데
정의된 행복 속에서
외롭다 말하지 못했다

초년을 살아내면서
이제 겨우 중년까지 나온 눈물은
처음의 소리를 안고 나온 눈물과
수평을 맞추지 못했다

성장통

뒤틀린 나의 척추에는
빨간 에나멜 구두를 챙겨 신고
잠도 없이 온종일 매달려 노래를 부르는
아름다운 아이가 살고 있지

눈을 뜨면 달려드는 천장이 무서워 거미를 키웠어
방 안을 뛰어다니는 기억을 잡아 실을 뽑은 거미에
게 말했지

나의 아름다운 척추로 스며들어 아이로부터 날 지
켜다오
그렇게 우리는 같이 단어와 단어를 쌓아 기둥을 세
우고 서까래를 얹어 시의 집을 짓고 시의 밥상을 차
려 먹자 씹어도 삼켜지지 않는 글이 있으면 아이에
게 먹여 소화를 시키자 온전히 자신을 드러낼 수 있
는 침묵으로 말의 여정을 떠나자 비로소 걸음을 옮

길 수 있다면 우리는 껴안고 주저앉아 같이 한번 울
어보자
  아이가 모르게

  지금은 걸음마를 배우지 못해 기어 다니며
  아이의 노래를 따라 부르지만
  창문을 넘어 여정을 떠나게 되면
  이미 다리는 소용없을 것이다
  아이의 빨간 구두도 빼앗지 않고
  뒤틀린 척추로 훨훨 날아갈 것이다

침례

홉스골의 향기는 시큼했어 사람들은 마두금이 운다고 했어 몽골은 비가 흔하지 않다는데 우리는 매일 비를 맞으며 걸어야 했어 길은 없었어 별자리를 보며 그저 걸어갈 뿐이었어 사방에 핀 민들레보다 많은 이야기를 해도 해는 저물지 않았어 낮잠은 익숙하지 않았어 짧은 밤이 그렇게 살큰했어 질리도록 넓은 들판엔 할미꽃이 한가득이었어 무덤가에 핀다더니 어디든 시선만 돌리면 무덤이었어 죽음은 어디든 존재할 수 있었어 몽골이잖아 몽골이야 눈을 깜빡하면 풍경이 달라지는 몽골이었어 잠을 잘 수 없었어 그렇게 걷다 걷다 홉스골이었어 모든 소리가 어디론가 빨려 들어가고 있었는데 잔뜩 싸 들고 온 슬픔이 어디론가 끌려가고 있었는데 홉스골이었어 하늘에 박힌 그리움이 쏟아지는 곳이 어딘가 했는데 홉스골이었어 쿵쿵 냄새가 없어 서른의 냄새도 눈물의 냄새도 없어 그저 홉스골이었어 찔끔찔끔 눈물을 닦으며 성큼성큼 들어갈 수밖에 없었어 발톱부터 머리카락까지 차가운 물이 스며들어 뼈를 적셨어 살아 있었어 난 홉스골에서 살아 있었어

　후, 하고 숨을 쉬면 언제든 홉스골에서 눈을 떠 내 몸의 죄는 죽었어

시작

가슴에서 머리로
머리에서 손으로 나오지 못하는 답답함이
우울로 켜켜이 쌓여가고
머리맡을 지키던 시어가
두려워졌다

하지만 너는
누구에게도 전염되지 않게 내 품에 있어주렴
너의 몸을 베고 나는 깊고 깊은
잠에 들고 싶어

꿈이 풀려 허기가 지면
나는 비로소 책을 뜯어
단어로 배를 채우고
우물 안에 웅크리고 있는
시를 찾아 떠날 수 있을 것이다

시인에게 시가 있을까?
시에게는 진심이 있을까?
잠시,
어떠한 질문을 시에게 할 수 있을까?

사흘을 굶고 앉아 있어도
어제의 서글픈 나를 짓누르던 감정이
첫사랑처럼 지치지도 않고
심장을 누른다

고래가 되고 싶었지요

고래가 되고 싶었지요 내 부르는 소리는 오롯이 당신에게만 들리는 주파수 그리움으로 온전히 젖은 마음으로 주파수를 맞추지요 발가락 사이사이 부서지는 물방울 부서진 것은 물방울만이 아니겠지요 그 어떤 치열함도 이내 부서져 잠들었지요 가슴에 펄이 한 줌 한 줌 찰 때마다 그 넓고 푸른 바다를 꿈꿨어요 하얀 파도 조각을 베어 물고 거친 숨을 뱉으며 어느 순간 불쑥 솟아올라 하늘에 짧은 입맞춤을 하고 당신의 주머니 속 작은 노래 조각을 맞춰 들고 굽실거리는 달팽이관을 유영하는 그런 고래가 되고 싶었지요 아양을 떠는 어린 돌고래가 아닌 모습만으로도 시선을 잡아채는 그런 고래가 되고 싶었어요

당신의 손 리듬에 맞춰 춤을 추는 나는 줄에 묶인 마리오네트 추억으로 몸을 감싸 안고 넓디넓은 무대 그 푸른 바다 무대를 누비는 이 여리디여린 고래 한

마리 춤추다 지쳐 넘어지면 바닷물이 사라져버린 갯
벌 어떤 칼로도 줄을 자르지 못하겠지요 아니, 자르
고 싶지 않은 깊은 진심

그래도 아직은 꿈을 꾸는

나는

고래가,

되고 싶습니다,

잃어버리다

건너편 축사의 송아지가 집을 나갔다고 한다

길을 잃은 송아지가
우리 집 마당에 와서 운다
음매 음매 음매…

나는 그저
지나간 감기가 너무 아파서
밤새 울었다
엄마 엄마 엄마…

길을 잃은 것은
나인지 송아지인지
우리는 길을 잃은 건지
자신을 잃은 건지

엄마 엄마 엄마
음매 음매 음매

낮잠

정지문을 열고
하얀 국수 한 보시기를 들고 어머니가 나온다
여름 볕에 까맣게 그을린 아버지가 후루룩
소리도 맛깔나게 그릇을 비운다
눈을 감고 마루에 누워 하늘을 본다
구름을 타고 시간이 흘러간다

우리 집은 마루가 없다 정지문도 없다
아버지는 더듬이가 낡아버린 일개미였고
어머니는 날개 꺾인 잠자리였다
내가 만든 과거가 빈집을 짓는다

우는 사람을 만난 적이 있어요
입으로만 우는, 소리로만 우는
그의 눈은 웃고 있었지요 아니,
웃고 있다고 생각을 했어요

나의 생각만으로도 그는
우는 사람이 아닌
우는 흉내를 내는 웃는 사람이 되었어요

확인할 수 없는 지나간 시간
이리저리 만져지는 모래성
물거품처럼 사그라지는 미열

재첩을 잡았어요 강바닥을 손으로 긁으면
모래는 물과 함께 빠져나가고
조그마한 재첩만 남아요
손가락 사이로 빠지는 모래의 감촉이 좋아서
자꾸만 재첩을 잡았지요
해가 질 때까지 재첩을 잡아도 엄마는
나를 부르러 오지 않았어요
윗옷이 젖어들어도 아무도

나를 찾지 않았어요

통증으로 주저앉는
낮잠에서 깨어

4부

한 번쯤 깊게 울어야 할 사람이라면

지나는 바람 한 자락에도 울음이 있다면
바람이 가쁜 숨을 고르는 것이라면
그것이 갈대라면

어느 노래가 속으로 울어서
그 老시인의 갈대가 쓰라린 가슴을 파고든다면

상처받고
견디고
다시 우는
모질고도 모진
바람으로 날려 가는
한 번쯤 깊게 울어야 할 사람이라면

갈대의 속울음으로
저녁놀을 바라볼 수 있다면

* 신경림 시인의 시집을 손에 들고 강가에서.

은행나무 아래에서

엄마야 누나야
강변 살자

들에는 반짝이는 고운 모래빛*

엄마의 노랫소리
떨어지던
노오란 밤하늘 아래

노래를 안은 냄새가 널빤지 사이를
뛰어다니는
그 밤

오늘처럼
노오란 은행
툭

떨어지면

그 앞에
엄마의 노랫소리

흘

러

흘

러

떠다닌다

* 김소월의 「엄마야 누나야」를 빌려.

그 강엔 비가 내렸다

무덤엔 십자가를 세우지 말아주세요
나를 알릴 수 있는 그 무엇도 세우지 말아주세요
여기 숨어 산다는 걸 나조차도 모르게 해주세요

빗방울 하나 떨어지면
십자가 하나 솟아오르고
강에 수많은 무덤이 생겼다

숨어 살던 영혼들이 나타났다 사라지는 시간
경계가 사라지는 말랑한 시간
찰나의 십자가로 발화하는 잊혀진 존재의 시간
시간이 시간을 풀어 헤치고
그 강에 비가 내린다

공동묘지를 처음부터 공동으로 사용하진 않았어요
꽃을 파는 노파도 처음부터 꽃을 팔진 않았고요

한탄강도,

처음부터 한탄하며 흐르지 않았겠지요

까치밥

평생 쪽 찐 머리카락을 잘라도

그리움은 잘리지 않고

고장 난 시계를 보며 가늠해본다

기억을 안고 있어 무거운 문

닫을 생각도 없이

떨어지는 감나무 잎을 보며

오늘도

마른 숨으로 마당을 채운다

그곳엔 원앙이 산다

길을 잘못 든 거 같다며
저 처진 어깨의 노부부
손을 잡고 천천히 저수지로 들어선다
흙바닥 같은 손으로
올이 풀린 스카프를 고쳐 매어보지만
아린 바람이 파고드는 것을 막지 못하고
입술을 들썩거리지 않아도 눈빛으로
지나간 세월을 주고받으며
서로의 옷깃을 만져준다
마지막 안식처를 찾은 듯
둥지를 틀 준비를 하는
저 처진 어깨의 노부부
백발의 머리마저 풍경이 되는
백천 저수지

지리산

늙은 보살이 계곡 돌 틈에 앉아
발을 씻는다 얼마를 걸어왔을까
시퍼런 멍 자국이 문신처럼
친친 감긴 발목을 갈고리 같은 손으로
어루만지며 오래도록 씻고 있다

여기서는 물소리 바람 소리도
함부로 쏟아지는 건 아니란 걸
목마름으로 피는 바위꽃을 씹어보면 안다
위액같이 시큼한 체증이 올라오고
오랜 세월을 두고 삭히지 못한
어머니의 어머니들 속앓이가
온 산을 빨갛게 물들이고
엄동 죽은 나뭇가지에도
희디흰 눈꽃을 피운다는 것을

이끼 낀 바위 그림자에 앉아

푸른 보름달을 바라보는

짓무른 눈가엔 소금꽃이 피고

살짝 내쉬는 한숨에도

저리고 아린 상처가 새어 나오는 까닭에

아직 못다 한 말들이 해마다

붉디붉은 꽃으로 펴

가슴을 두드리면

목울대 치밀어 오르는

귀곡마을*

빗방울 찬찬히 내리는 아침이면
몸을 틀고 소문들을 씹어대며
쉴 겨를도 없이 연기를 피워 올렸다

가마솥의 식은땀을 뽑아내는 이야기가
굴뚝으로 시린 연기가 되어 사라지기도 하고
아궁이에서 흘러나와 담을 넘고
또 다른 입으로 들어가면
빈집이 생기고 우물은 뚜껑을 뒤집어썼다

남은 사연도 다리를 끌며
마을을 떠나자
끊임없이 이야기를 태우던 아궁이는
입을 다물지 못한 채
식지 않는 온기를 품고
전설이 되었다

허리가 잘린 버드나무 위
겨울이 걸터앉아
전설과 추억을
저울질하고 있다

길

소가 끌던 달구지 너털거리면
벚나무 가지마다 자잘하게 매달린 소문들이
저마다 한마디씩 하며 걸음을 재촉한다
쌉싸름한 향을 풍기며 옆구리를 간질이던
무릎 높이 올라오던 쑥은
어디로 갔을까

쌍계사의 염불 소리
일주문을 벗어나지 못하고
가늘게 뻗어가는 길을 가만히
내려다보고 있다

갈대밭에서 뽀얀 속살을 숨긴 채
쪼그리고 앉아 울던 길
참말 시꺼먼 이불을 덮어쓰고도
춥다고 칭얼거리며 굽이치며 돌아누운 길

벚나무에서 떨어진 수많은 소문들을 매달고
섬진강으로 향하는 저 많은 길

거미줄같이 얽힌
모든 길은
한 움큼의 기억을 가지고 있다

주남저수지

갈대가 노을을 앓고 있네

노을은 새 떼를 앓고 있네

쉴 곳을 찾지 못한 기억과

날아오르지 못한 날개가

갈대숲 속에서

마주 보고 울고 있네

눈동자는 가을을 앓고

찬란한 빛을 앓던 가을은

이내 어둠 속에 갇혀버리네

그러면 또 어떻게 살아가라고.

칠불사

하늘에서 시작된 붉은 물이
땅으로 스며들었다

영지影池에 비친 것이 그리운 얼굴인 줄 모르고
차가운 운무에 시선이 휘감긴 채
바알간 볼을 드러내는 지리산의 맨얼굴

아직,
가을아
떠나지 마라
길 잃은 단풍잎이 섬진강에 닿기도 전이니

싸락눈

기약도 없이

사뿐히 내려앉지만

서러워라

어머니 태 안에서 떨어져 나온

저 생명력!

명징한 서정으로 포착한 시대의 표정

박몽구 시인·문학평론가

서정시는 개인적인 체험을 바탕으로 하여 쓰인다. 개인적인 체험이란 바꿔 말하면 주관적임을 뜻한다. 시인의 눈을 통하여 관찰되는 사물, 시인의 영감에 의하여 감지되는 순간적인 감정이나 생각들이 하나의 모티브가 되어 나타나는 것이 서정시이다. 또한 개인의 감정을 미적으로 표현해야 하는 양식상의 특징으로 인해 기법이나 장치 등과 같은 수사미와 함께 개성이나 독창성 등이 함께 강조되는 특징을 보인다. 워즈워스는 그의 『서정시집抒情詩集』서문에서 '모든 좋은 시는 강한 감정의 자발적인 표현이다'라고 했다. 감정의 개입이 시적 표현에 있어서

얼마나 중요한가를 잘 드러내는 말이다.

그런데 중요한 것은 이 같은 개인의 감정을 제대로 표현하는 계기가 된 것은, 신권에 맞선 이성의 비중이 자각되고 개인의 존엄성이 부각되기 시작한 근대에 들어서라는 사실이다. 근대의 개인들은 신들의 위대성을 찬미하고 영웅들의 행적을 서사적으로 담아내는 데 더 이상 흥미를 느끼지 못하면서, 개인의 눈으로 보고 개인의 마음으로 걸러진 세계관을 담는 데 몰두하게 되었다. 그 결과 탄생한 것이 장르로서의 서정시이다. 그런 점에서 서정시 하면 흔히 연상되는 감상感傷이나 우울한 정서, 부드러운 시어 등의 고정관념은 불식될 필요가 있다.

서정시는 단순히 개인의 감정을 토로하는 양식이 아니라, 근대 이후 개인의 독자적인 세계관에서 비롯된 정서가 담긴 장르 개념으로 파악하는 게 우선이라고 본다. 나아가 좋은 서정시는 개인적이고 특수한 범주에만 머무는 것이 아니라, 근대 산업화 과정의 질곡을 넘어 인간적인 삶을 구현하는 내용이 전제되어야 한다.

우리 시가 오랫동안 벗어나지 못한 도그마 가운데 하나는 주제가 우선이냐 방법론이 우선이냐일 것이다. 한쪽은 시대의 풍경을 묵시하는 정서나 메시지를 우선하고, 다른 한쪽은 발랄하고도 개성적인 기법의 구현 여부에 중점을 두어오기 일쑤였다. 그런데 따지고 보면 시는 한 몸인데 우리 시는 오랫동안 해묵은 논쟁을 지속해왔다. 김진의 시에서 우선 발견되는 것은 선배들의 이 같은 시적 논쟁이 무색할 만큼 주제와 기법이 한 몸을 이루고 있는 점이다. 그는 아름다운 자연과 함께 우리 근대사의 고비 고비, 역사적 변곡점에서 살아 있는 역사 정신을 보여준 경남을 중심으로 활동하고 있는 시인이다. 그 같은 공간적 배경 탓인지 그의 시에서는 개인적인 정서의 침윤에서 벗어나 바른 인간상 구현을 염두에 둔 주제가 곧잘 등장한다. 하지만 섣불리 목소리를 높이지 않는 가운데 탄탄한 시적 방법론을 함께 강구하고 있는 걸 살펴볼 수 있다. 그런 점에서 현대 서정시의 정신을 체질화하고 있는 시인이다. 김진의 일련의 시들은 이 같은 서정시의 근본정신과 탄탄하게 조화를 이루고 있다.

　　서로를 앞에 두고 우리는
　　학점을 채우지 못한 너의 졸업을 들먹이고 취직을 못한 너의 이력서를 들먹이고 결혼을 못 한 너의 사랑을 들먹이며 못 하는 것만 가진 서로를 비교했다 그러다 누군지도 모를 누군가가 못 하는 것이 아니라 안 하는 것이라 말하자 고개를 끄덕이며 의미 없는 잔을 빨리 비우는 것

이 힘든 삶의 증거라도 되듯 좁은 방 안을 빈 술병으로 채
워나갔다

　그러다 누군지도 모를 누군가가 핸드폰을 꺼내 들면 약
속이라도 한 듯 각자의 핸드폰을 보며 부재중 전화가 없
음을 확인했다 먼저 핸드폰을 던져놓는 누군가가 진짜 친
구는 여기 다 있다고 입을 열자 서로가 기억하는 과거를
꺼내기 시작했다 분명 같은 젊음으로 시간을 태웠는데 누
구의 기억은 틀리고 누구의 기억은 맞았다 실은 누구도
정확하다고 단정할 수는 없었다 현실을 접은 채 맞다 아
니다를 연발하며 엇갈린 기억의 퍼즐을 맞추며 낄낄댔고
속으론 적어도 내가 더 낫다며 뻔히 아는 서로의 사정을
외면했다

　그러다 누군지도 모를 누가 말을 멈추면 누구는 천장을
바라보기도 하고 누구는 담뱃불을 붙이고 누구는 잔을 채
웠다 현실은 과거보다 무겁고 어둡다는 것을 충분히 알고
있었다
　그러다 누군지도 모를 누가 한숨을 내쉬면 서로의 얼굴
을 보지 못하고 미처 비우지 못한 술병을 쓰다듬으며 침
묵보다 묵직한 무엇을 어깨에 두른 채 허공을 씹었다

그러다 누군지도 모를 누가 옷을 챙기면 다시 과거가 되어버린 공간과 씹다 남은 기억을 어루만지며 새로운 현실이 된 문을 단번에 열지 못하고 몇 번을 망설이다 문을 열었다

　─「그러다 누군지도 모를」 전문

자신의 모든 것을 다해 쏟아보지만 출구는 꼭 틀어막혀 있는 우리 시대 민초들의 풍경을 실감 있게 보여주는 작품이다. "서로를 앞에 두고 우리는/ 학점을 채우지 못한 너의 졸업을 들먹이고 취직을 못 한 너의 이력서를 들먹이고 결혼을 못 한 너의 사랑을 들먹이며 못 하는 것만 가진 서로를 비교했다"는 대목은 우리 시대의 일그러진 삶의 풍경을 환기하는 알레고리이다. 화자는 이 같은 시대적 풍경을 제시한 다음 "누군가가 핸드폰을 꺼내 들면 약속이라도 한 듯 각자의 핸드폰을 보며 부재중 전화가 없음을 확인했다", "엇갈린 기억의 퍼즐을 맞추며 낄낄댔고 속으론 적어도 내가 더 낫다며 뻔히 아는 서로의 사정을 외면했다" 등의 풍경을 제시하고 있다. 소통이 사라진 디지털리즘 우위의 시대와 소외와 배제의 시대에 즈음하여서도, 어려운 사정을 외면한 채 자신의 길을 갈 수밖에 없는 시대상을 압축해놓고 있다. 산문시 형식을 통하여

냉정한 시선을 옮겨가며 진술하는 것은 기존의 서정시와
는 사뭇 다른 시법이다. 이것은 작자의 자의적인 판단을
배제하여 독자로 하여금 판단하도록 하는 새로운 시적
전략이다.

벽돌을 쌓는다는 것은 그리 쉽지 않아요 금이 간 벽돌
이 숨어 있다는 것도 모른 채 짓고 있어요 삐뚤거리며 올
라가는 벽이 아슬아슬하다는 것은 나만 알고 있어요 하지
만 아직은 아무 일이 일어나지 않았습니다 일어난 것은
누런 벽지일 뿐입니다 아무 일이 없다는 것은 좋은 건가
요 나쁜 건가요 변명만 가득한 이 좁은 방에는 발이 잘린
붕어만 뻐끔거립니다 한 장 한 장 넘어가는 책처럼 시간
도 넘어가길 그런데, 지도는 어디로 사라졌을까요?

누구를 미워해야 꽃을 피울 수 있을지 누구를 따라가야
과자의 집으로 갈 수 있는지 온통 가득한 질문만이 바닥
을 채우고 있습니다 무슨 말을 듣고 싶었던 걸까요 무슨
질문을 하고 싶은 걸까요 바깥은 어떤 색일까요 누가 바
깥의 경계를 만들었을까요 여기는 바깥인가요 안인가요
누구도 가둔 적 없는 곳에 나를 가두고 가열하고 있습니
다 하지만 뜨거워지는 것은 이마뿐입니다

미안합니다 나는 고개를 숙이고 걸어 다닙니다 미안합
니다 나는 고개를 숙이고 밥을 먹습니다 감동에 솔직하
고 싶었습니다 소리를 치며 감동을 하고 싶었습니다 미안
합니다 감동이 사라져버린 나의 삶에 미안합니다 한 번도
배려하지 않은 다정하지 못했던 나의 삶이여
　－「바다 고시원」 전문

　엄마, 나는 잘 지내고 있어요
　고시원도 따뜻해요 밥도 잘 챙겨 먹고요
　오늘은 순대를 사 먹으러 나왔어요
　강의 시간은 아직 남았어요 걱정 마세요
　여기 순대는 소금에 찍어 먹어요
　순대는 막장에 먹어야 맛있는데
　엄마, 이번 생신 때는 못 갈 것 같아요
　특강이 그날로 바뀌었거든요
　죄송해요 엄마, 식사 잘 챙겨 드세요.

포장마차에서 순대를 먹다 울음이 터졌다

눈이 멀어 해가 지는 줄도 모르고

길바닥에 떨어진 순대 껍질을

쪼아대고 쪼아대다

이리저리 던지는 시선에

깃털이 뻐근하면 그제야

고개를 들어 하늘 한번 쳐다보는

저,

서른 살의 비둘기

　—「순대 먹는 비둘기」 전문

　고향을 떠나 대처에서 취업 등 미래를 준비하는 젊은이들의 삶에 앵글을 들이댄 작품들이다. 불투명한 전망 속에서 함께 어울리기보다는 어쩔 수 없는 고립 속에서 살아가는 젊음의 현실을 소재로 하고 있지만, 분노나 슬픔의 감정을 드러내기보다 지극히 차분하고도 냉정한 시선으로 묘사해나가는 데서 시인의 시각이 선명하게 읽힌다.

　앞에 든 시에서 화자는 첫 대목에 "벽돌을 쌓는다는 것은 그리 쉽지 않아요 금이 간 벽돌이 숨어 있다는 것도 모른 채 짓고 있어요"라고 제시한다. "벽돌"은 꽃과 나무가 사라지고 지극히 차가운 시멘트를 바르고 쌓아 올려 조성된 도시의 삶을 연상시킨다. 나아가 화자는 "금이 간 벽돌"이라는 이미지 제시를 통하여 오늘날 도시의 삶은 지극히 건조할 뿐 아니라 무너지기 쉬운 위험을 내포하고 있다고 말한다. 화자는 이어서 "누런 벽지"가 발린 가운데 이 방에는 "발이 잘린 붕어"만 산다고 말함으로써 생존에는 지극히 걸맞지 않은 공간이라는 인식을 드러낸다. 전개 부분에 해당하는 둘째 연에서 "누구를 미워해야 꽃을 피울 수 있을지 누구를 따라가야 과자의 집으로 갈 수 있는지 온통 가득한 질문만이 바닥을 채우고 있습니다"라고 언술함으로써 극에 달하는 경쟁 속에서 이웃이 미워해야 하는 대상으로 바뀌는 현실을 지적하고 있다. 나아가 자신의 힘으로 헤쳐 가기보다 어떤 끈을 붙들어야 "과자의 집"으로 상징되는 달콤하고 안락한 삶의 공간으로 진입할 수 있을지 부심하는 시대적 풍경을 그리고 있다. 화자는 "감동이 사라져버린 나의 삶에 미안합니다 한 번도 배려하지 않은 다정하지 못했던 나의 삶이여"로 결구를 처리함으로써 무미건조하게 쳇바퀴 돌듯 하는 삶은 결국 이웃에 대한 배려의 결여에서 비롯되었음을 환기하고 있다.

뒤에 든 시에서도 도시를 떠도는 비둘기를 내세워 도시의 골목골목을 전전하며 살아가는 부박한 젊음의 표정을 그려내고 있다. 화자는 첫 대목에서 "고시원도 따뜻해요 밥도 잘 챙겨 먹고요/ 오늘은 순대를 사 먹으러 나왔어요/ 강의 시간은 아직 남았어요 걱정 마세요"라고 제시함으로써 "고시원", "순대", "(공무원 고시) 강의" 등으로 뫼비우스의 띠처럼 연결되는 유랑하는 젊음을 환유하고 있다. 그런 도시의 비둘기가 "눈이 멀어 해가 지는 줄도 모르고/ 길바닥에 떨어진 순대 껍질을/ 쪼아"댄다고 말함으로써 계절도 잊은 채 기득권층이 버린 부스러기를 주워 먹으며 겨우 생존을 이어가고 있음을 부각하고 있다. 화자는 결구에서 "이리저리 던지는 시선에/ 깃털이 뻐근하면 그제야/ 고개를 들어 하늘 한번 쳐다보는/ 저,/ 서른 살의 비둘기"라고 그려냄으로써 삼십이립三十而立의 시기에도 불구하고 아무런 자립 기반을 다지지 못한 채 부박한 삶을 꾸려가는 젊음의 풍경을 안쓰럽게 바라본다.

김진은 이같이 위기에 처한 우리 시대 젊음의 표정을 시인의 맑은 눈으로 그려내고 있다. 하지만 지극히 감정이 절제된 일상을 주로 산문체로 그려내는 전략을 취함으로써 독자들에게 판단의 기회를 제공한다. 또한 전체를 버겁게 그리기보다 "고시원", "비둘기", "포장마차", "핸드폰", "이력서" 등으로 젊은이들이 겪는 현실을 제유提喩함으로써 보다 구체적이면서도 강한 설득력을 갖도록 장치하고 있다.

나의 유통기한이 끝나가는 동안

거미줄같이 엉킨 골목을 걸으며 한숨을 쉬는 일
매일 다른 구인 전단지를 붙이는 일
안도의 시간을 타고 집으로 가는 일
그런 일들이 고요하게 흘러갔다

밀폐된 시간 속에서 눈을 감으면
보이는 얼굴들이 있다
전단지 위에 덧붙여진 또 다른 전단지처럼
겹겹이 쌓이는 얼굴들
고향에 가서 감나무를 심자고 했던
이제는 떠나간 모퉁이가 해진 지난 얼굴들

얼굴들이 떠나도
새로운 날짜를 새긴 얼굴들이
몸이 익숙해지기도 전에 나가고 들어왔다
모두가 흔들리는 외줄 위에서
한 발 한 발 내딛으며 하루를 열고 닫았다
─「당신의 유통기한은 언제까지입니까?」부분

위의 시는 현대 서정시의 정신을 잘 보여준다. 워즈워스는 일하지 않는 귀족들에게 음풍농월을 바치기보다, 논밭에서 땀을 흠뻑 흘리며 일하는 농부들을 즐겨 노래함으로써 노동의 신성함과 근대적 개인의 탄생을 시의 그릇에 담았다. 김진은 단자화되고 설 자리를 잃은 채 표류하는 도시적 삶에 대한 묘사를 통하여 포스트모던화되고 계층 간의 간극이 날로 커져가는 우리 사회의 모습을 담아내고 있다. 지극히 일상화되고 냉정한 시선으로 충만한 그의 시 세계는 극단적으로 개인주의가 팽배하고 소외가 가속화되어가는 우리 시대상에 대한 동화同化의 세계이다.

위에 든 시는 그 같은 동화의 정서를 잘 보여준다. 이 시는 영속하거나 안정적인 것들은 더 이상 존재하지 않고 "유통기한이 (짧게) 끝나가는" 우리 삶의 풍경에 대한 알레고리이다. 화자는 "매일 다른 구인 전단지를 붙이는 일/ 안도의 시간을 타고 집으로 가는" 루프 구조 속에 갇혀 있는 자화상을 제시한다. 나아가 "전단지 위에 덧붙여진 또 다른 전단지처럼/ 겹겹이 쌓이는 얼굴들/ 고향에 가서 감나무를 심자고 했던" 이웃들의 삶을 연이어 제시함으로써 짧은 고용 수명에 시달리다 끝내는 귀향길에 오르기도 하는 운명이 넓게 퍼져 있음을 암시한다. 나아가 화자는 "얼굴들이 떠나도/ 새로운 날짜를 새긴 얼굴들이" 금방 자리를 채우는 불안과 고통의 연쇄가 우리가 안고 있는 뿌리 깊은 상처임을 투시하고 있다. 그는 "몸이 익숙해지기도 전에 나가고 들어"오는 얼굴들이 "모두가 흔들리는 외줄"을 벗어 던지고 안정적인 가운데 미래를 예측할 수 있는 삶을 꾸려가야 한다고 힘주어 말한다.

중국 장춘의 코리아타운 평양에서 직접 운영한다는 평양관에는 흰색 저고리에 검정 치마를 입은 어린 여자들이 돌아가며 노래를 부르고 음식을 나른다 〈찔레꽃〉을 간드러지게 부르고 냉면을 가져오던 여자에게 물었다
"고향이 어디세요?"
서둘러 돌아서던 여자가 움찔한다

"평양입네다"

탈북자들이 한국에서 받는 질문 중 제일 싫다던 질문이었다 한국 사람들은 누구든 고향을 알려고 한다고 고향을 말하면 사람들의 시선이 달라진다고 난감해하던 인터뷰가 생각난다 알 듯 모를 듯 미소를 남기고 돌아서는 치맛자락에 눈이 시리다

음식 내음 사이사이 여자들이 움직일 때마다 나던 사람
냄새에 코끝이 찌릿하다
  —「고향이 어디세요」 전문

이와 함께 우리 사회에 제대로 동화되지 못한 탈북민
등을 다룬 일련의 작품들은 시인의 눈이 크게 열려 있음
을 말해준다. 같은 핏줄이면서도 누군가 잘못 씌운 이념
의 굴레에 갇혀 고향마저 제대로 밝힐 수 없는 현실을 위
의 시는 잘 보여준다. 화자는 중국 장춘 평양관에서 일하
는 "흰색 저고리에 검정 치마를 입은" 여성들이 "평양입
네다" 하고 고향을 말하는 에피소드를 먼저 들고, 이 답의
질문이었던 "고향이 어디세요?"가 탈북자들이 한국에서
받는 질문 중 제일 싫어하는 질문이라는 사실을 환기함
으로써 민족의 통일을 위해서는 무엇보다 동질성 회복이
우선이라고 배후에서 말하고 있다.
  그 밖에도 지하도가 삶의 공간인 노파와 현세 구복적
인 종교의 문제를 다룬 「장마」, 가사 노동에 시달리는 여
성 문제를 다룬 「밥 짓는 누에」 등 우리 사회의 저변에 도
사린 문제를 폭넓게 직시하는 시인의 시선을 이번 시집
에서 만날 수 있다.

손가락으로 두드리니

소리 없는 울음이 대답한다

구석을 잡아당기는 거미줄과

빛 빨아 먹는 구멍들

수건에 싸인 신생아

그리고

곁에 있는

말라 죽은 달팽이

한 마리
—「간이 화장실」전문

저기,
하얀 애벌레가 기어간다

붉은 등대 아래
삭아버린 리본이 고개를 숙인 채
고인 비를 안고 꼬물거리며 기어가는
애벌레를 지켜보고 있다

울타리를 넘나들며
당신들의 시간이 흘러도
줄어들지 않는 설움이 뼛속으로 스미며
매초마다 새로운 눈물을 만들어내는
칼날 같은 눈물로 심장을 베어내던
시간을 가로지르며
돌고래가 잠든 곳으로 향하는
저기 꼬물거리는
하얀 애벌레

약속의 날이 오면
기울어진 막을 찢고 나비가 되어
돌고래를 만나러 갈 것이다
노오란 날개를 활짝 펴고
바람을 가로지르며

잠이 든 돌고래를 깨우러 갈 것이다

저기,
고장 난 시계탑 아래
하얀 애벌레 한 마리가 지치지도 않고
꼬물거리며 기어간다
ㅡ「그 시간, 그곳」 전문

　명징한 이미지를 중심으로 한 시를 두 편 골라보았다.
이런 시들은 앞에 든 유장한 산문시들과는 결을 달리하
는, 단단하면서도 환기력이 풍부한 시어들이 중심축이
되고 있다.
　앞에 든 시는 심심찮게 언론에서 불거져 우리를 가슴
아프게 하는 미혼모의 태아 유기 문제를 소재로 하고 있
다. 화자는 첫 대목에서 "손가락으로 두드리니// 소리 없
는 울음이 대답한다"라고 진술한다. 이것은 곧 우리 시대
의 약자들이 호소할 데 없이 견디기 어려운 고통을 감내
하면서 살아가야 하는가를 환기한다. 나아가 멀지 않은
곳에 존재하는 이웃들의 고통을 덜어내는 일에 참여하
지 못하는 자신을 질책하는 뜻도 함께 담고 있는 듯하다.
화자는 시의 뒷부분에서 "수건에 싸인 신생아"와 그 곁에

"말라 죽은 달팽이"를 병치해두었다. 만물의 영장인 인간을 죽은 미물과 대비하고 있는데, 이는 곧 우리 시대에 생명이 얼마나 경시되고 있는지에 대한 경고의 의미를 띤 이미지 제시이다. 백 마디의 말보다 더 절실하고 안타깝게 다가온다. 개발의 연대에 비하여 물질은 풍부해졌지만 정신은 그 이상으로 황폐해지고, 따라서 어려운 이웃들을 돌아보고 함께 나누는 마음은 날로 인색해져 가는 현실에 대한 통렬한 풍자이다.

뒤에 든 시는 직접적인 언술은 없지만, 몇 년 전 온 국민을 가슴 아프게 했던 세월호의 비극을 소재로 하고 있는 듯 보인다. 화자는 2연에서 "붉은 등대 아래/ 삭아버린 리본이 고개를 숙인 채/ 고인 비를 안고 꼬물거리며 기어가는/ 애벌레를 지켜보고 있다"라고 묘사하고 있다. 이는 작고 힘없는 사람들이 묶어놓은 리본이 바닷바람에 날리는 팽목항을 연상시킨다. 화자는 "고인 비"로 상징되는 작은 징검다리만 있어도 바다로 달려 나가고 싶은 애벌레를 그리고 있다. "애벌레"는 아직 우화羽化하지 않아 날개가 없다는 점에서 꿈을 좌절당한 어린 학생들을 환유한다. 셋째 연에서는 "칼날 같은 눈물로 심장을 베어내던/ 시간을 가로지르며/ 돌고래가 잠든 곳으로 향하는/ 저기 꼬물거리는/ 하얀 애벌레"라고 묘사함으로써 온갖

어려움에도 불구하고 억울하게 수장된 어린 학생들의 꿈은 여기서 그칠 수 없다는 사유를 담아내고 있다. 깊은 바다에서도 자유롭게 유영하는 "돌고래"를 환유로 제시함으로써 우리 시대의 도를 넘은 물욕과 진실을 은폐하려는 시도는 실패로 귀결되고 진실이 밝혀져 고혼들이라도 편안하게 활달하게 피안의 생을 누렸으면 하는 염원을 형상화하고 있다.

이들 일련의 시들은 "달팽이", "애벌레", "돌고래" 등 명징하고 단단한 이미지의 시어들을 통하여 언어를 마음껏 절약하면서도 의미의 공간은 넓게 열어놓는 전략을 취하고 있다. 「애견센터」 「엄마의 스타킹」 「아찔하다」 등은 같은 시적 전략으로 성공을 거둔 작품들이다.

이와 함께 이번 시집에서 주목을 끄는 시편은 잔잔한 서정을 바탕으로 한 것들이다. 김진은 서정을 구사함에 있어서도 꽃과 나무 등 기존의 소재에 국한하지 않고, 사람살이 가운데서 그 소재를 곧잘 고르는 데 특징이 있다.

엄마는 고무 대야에
이불을 넣고 밟아대다
비눗물이 묻은 발을 깨끗이 씻고는
다시 비눗방울 속으로 들어갔다

이불의 때가 빠질수록
퉁퉁 부은 발이 발갛게 달아올랐다

(…중략…)

슬픔을 눈동자 속에 감춘 달이 삐죽
구름을 벗고 나온다
하나의 달이 저무는 날에
누가 턱에 힘을 꽉! 주고
한 입 베어 먹은 발뒤꿈치가 떠 있다
백 번의 질문으로는 차오르지 못하는
갈라진 살결이다
엄마의 고운 뒤꿈치다
—「그믐달」부분

　고된 가사 노동 끝에 갈라진 어머니의 발뒤꿈치와 그
믐달을 은유의 고리로 연결 지은 아름다운 시이다. 첫 대
목에서 화자는 이불 빨래를 하면서 쓰린 비눗물을 마다
않고 발을 담그는 어머니를 묘사한다. 그리고 "이불의 때
가 빠질수록/ (어머니의) 퉁퉁 부은 발이 발갛게 달아"오
른다고 말한다. 뒤꿈치가 갈라진 것도 모른 채 식구들 뒷

바라지에 바쁜 어머니! 화자는 "슬픔을 눈동자 속에 감춘 달이 삐죽/ 구름을 벗고 나온다/ 하나의 달이 저무는 날에/ 누가 턱에 힘을 꽉! 주고/ 한 입 베어 먹은 발뒤꿈치가 떠 있다"라고 묘사한다. 한 달 내내 식구들의 어려움을 살피다가 발뒤꿈치에 생긴 상처를 그믐달로 은유함으로써 어머니의 상처는 아름답고 고귀한 것이라는 사유를 펼치고 있다.

　　늙은 보살이 계곡 돌 틈에 앉아

　　발을 씻는다 얼마를 걸어왔을까

　　시퍼런 멍 자국이 문신처럼

　　친친 감긴 발목을 갈고리 같은 손으로

　　어루만지며 오래도록 씻고 있다

　　여기서는 물소리 바람 소리도

　　함부로 쏟아지는 건 아니란 걸

　　목마름으로 피는 바위꽃을 씹어보면 안다

　　위액같이 시큼한 체증이 올라오고

　　오랜 세월을 두고 삭히지 못한

　　어머니의 어머니들 속앓이가

　　온 산을 빨갛게 물들이고

엄동 죽은 나뭇가지에도
희디흰 눈꽃을 피운다는 것을

이끼 낀 바위 그림자에 앉아
푸른 보름달을 바라보는
짓무른 눈가엔 소금꽃이 피고
살짝 내쉬는 한숨에도
저리고 아린 상처가 새어 나오는 까닭에
아직 못다 한 말들이 해마다
붉디붉은 꽃으로 펴
가슴을 두드리면
목울대 치밀어 오르는
―「지리산」 전문

　자연으로서의 지리산을 넘어 이 산이 우리 현대사에
서 갖는 의미를 되새기게 해주는 작품이다. 화자는 첫 연
과 둘째 연의 대비를 통해 개인사와 민족의 역사를 대비
하고 있다. 첫 연은 늙은 보살이 계곡 돌 틈에 앉아 발을
씻는 것으로 설정되어 있다. 화자는 "얼마를 걸어왔을까/
시퍼런 멍 자국이 문신처럼" 배어 있다고 묘사함으로써
한 개인이 멍들도록 걸어온 수행의 길은 아름다운 문신

으로 결과한다는 사유를 담고 있다. 둘째 연에서는 바위꽃과 눈꽃의 환유를 통하여 긴 세월 아로새겨진 아픔이 영근 것이 곧 꽃이라는 사유를 견인해내고 있다. 즉, 시원한 물소리 한 번 제대로 들을 새 없이 "목마름(을 삼키며) 피는" 꽃이 바위꽃이듯이, "오랜 세월을 두고 삭히지 못한/ 어머니의 어머니들 속앓이가/ 온 산을 빨갛게 물들이고/ 엄동 죽은 나뭇가지에도" 피는 꽃이 희디흰 눈꽃이라는 것이다. 화자는 마지막 연에서 "아직 못다 한 말들이 해마다/ 붉디붉은 꽃으로" 핀다고 말함으로써 지리산 단풍은 단순히 눈요깃거리가 아니며, 아직 제대로 신원되지 못한 역사의 진실이 아픔을 딛고 밝혀져야 한다고 말하고 있다. 지리산이 품은 현대사의 아픔을 직시하고 바른 역사를 열어가야 한다는 사유를 명징한 이미지로 대신한 기품 있는 작품이다.

이제까지 김진의 첫 시집에 수록된 시들을 중심으로 그의 시 세계를 일별해보았다. 김진은 자신이 몸담고 있는 경남의 자연과 사람살이를 바탕으로 한 작품들을 꾸준히 보여주는 시인이다. 그는 개인적 감정의 토로나 감상感傷을 절제하면서, 함께 살아가는 이웃들이 감내하고 있는 고통을 그리고, 그것을 뛰어넘어 함께 잘 사는 세상을 염원하는 역사의식을 보여주고 있다. 그의 작품들에서는 주제 의식을 잘 함축하고 있는 이미지들이 정치하게 구사되고 있음을 살펴볼 수 있다. 끝없이 맑은 빛을 건네는 윤슬 같은 이미지들이 정치한 의미망을 형성하고 있다. 단단하게 함축된 이미지를 통하여 시인이 하고자 하는 말을 분명하게 전해주고 있으며, 사유의 공간을 한껏 열어놓고 있다.

김진은 사특한 아어雅語들을 과감하게 배제한 가운데 일상에서 포착한 소재를 건조하고 단단한 산문체로 곧잘 구현한다. 그것들은 절제되어 있으며, 범위가 좁고 구체화된 제유提喩를 통하여 풍부한 환기력을 갖도록 설정되어 있다.

역사의 아픔이 아로새겨진 소재들을 즐겨 채택하면서도 목소리를 높임이 없이 풍부한 의미를 담지한 상징 시어 중심으로 펼쳐나간다. 이미지와 풍부한 배후 의미의 환기를 통해 주제와 기법이 하나 되는 진경을 보여주는 김진의 시가 우리 시의 활로를 여는 데 기여하기를 바라면서 조촐한 논의를 마친다.

박구경 시인

김진 시인의 첫 시집이다. 《경남작가》 신인상을 받으며 등단했던 그때의 그는 아직 스물다섯 살을 갓 넘긴 규수였다. 데뷔작인 「나비, 웃다」는 깔끔하고 톡톡 튀는 발상이 참신했다. 깊이 있는 사유와 밀도 높은 시적 대응이 예사롭지 않았다.

시적 긴장을 놓치지 않고 탄생된 시편들 중에 시인의 자화상으로 보이는 「고래가 되고 싶었지요」, 이 말은 시인의 세계로 들어가는 문이다. "가슴에 펄이 한 줌 한 줌 찰 때마다 그 넓고 푸른 바다를 꿈꿨어요 하얀 파도 조각을 베어 물고 거친 숨을 뱉으며 어느 순간 불쑥 솟아올라 하늘에 짧은 입맞춤을 하고 (…중략…) 싶습니다". 시인은 스스로 고래가 되기로 마음먹고 "까마귀가 울던" 보름밤에 먼 바다로 떠난다. 그리고 드디어 고래가 된다. 기어이 시인의 꿈을 이루고 만다.(「돌고래가 나타났다」) 꿈을 이

뤘음에도 너무나 고독해 기가 막힌다. 그래서일까? 남들이 아무리 시인을 고래라고 우겨도 시인 자신은 고래다! 라고 단호히 말하지 못하기에 죄책감에 시달린다. "누구에게 한 번은 진정으로 불린 이름이었나요"(「이름이 뭐예요」), "나의 삶에 미안합니다"(「바다 고시원」)와 같이 끊임없는 자아성찰과 자기비판을 통하여 삶의 본질에 근접하려는 노력에서 시적 진정성이 돋보인다. 또한 「바다 고시원」「마주하다」「성장통」「순대 먹는 비둘기」 등의 시편들은 소릿결이 서정적이면서 호흡에도 절제가 있다. 그러면서 자연과 인간 본질의 내면으로 들어선다.

'국수 한 보시기를 후루룩 비우고'(「낮잠」) '밤새 엎드려 꾹꾹 엽서를 쓰셨던'(「귀목나무 엽서」) 김진 시인의 아버지께서 올봄에 시인이 되셨다 한다. 축하를 드린다. 이렇게 혈맥으로 이어진 김진 시인의 길은 사람과 사람 사이로 흐르는 "한 움큼의 기억을 가지고"(「길」) 길과 길들로 이어질 것이려니.

"넓디넓은 무대 그 푸른 바다"를 한 마리 진정한 고래가 되어 솟아오른 그의 춤은 눈부시게 찬란하다.

김진

1981년 경남 산청군 차탄에서 태어나 진주에서 자랐다. 단국대학교와
동 대학원에서 문학을 배웠다. 2007년《경남작가》신인상으로 등단했다.
bcrom@hanmail.net

바다 고시원

—

초판 1쇄 2019년 11월 25일
지은이 김진
펴낸이 김영재
펴낸곳 책만드는집

—

주소 서울 마포구 양화로 3길 99, 4층 (04022)
전화 3142-1585·6
팩스 336-8908
전자우편 chaekjip@naver.com
출판등록 1994년 1월 13일 제10-927호
ⓒ 김진, 2019

—

—

ISBN 978-89-7944-707-1 (04810)
ISBN 978-89-7944-354-7 (세트)